„Die Zukunft hat viele Gesichter, welches uns be-
rührt fühlen wir dann, wenn es uns berührt"

Dietmar Dressel

„Nos gusta mirar hacia el futuro porque silenciamos la
imperturbabilidad que viene y va Deseamos
mucho a nuestro favor quiere guiar"

Johann Wolfgang von Goethe

Dietmar Dressel

Otro día

Cuentos

Para Barbara, Alexandra, Kai, Timon, Nele e Isabelle

„*Para actuar con amor, hay que ir por un*

camino arduo "

„*Lo que lo impulsa y lo que siempre quiere,*
sin realmente tener que hacer en última
instancia, convierte al hombre en
qué y cómo es él"

Dietmar Dressel

3

Título de la edición original „Tage die das Leben verändern" Copyright © 2012 Dietmar Dressel. Copyright © 2020 Dietmar Dressel - Autor - 1ª edición Fabricado y publicado por: Books and Demand GmbH Norderstedt.

Diseño: Alexandra y Barbara Dressel
Impreso en Alemania

ISBN 9 783750 494640

Content description

Las narraciones en este libro son ficticias. Las acciones felices e infelices y las experiencias profundamente tristes de los protagonistas son una fusión de experiencias de la vida cotidiana de nuestro tiempo.

Los diversos eventos son una instantánea que lleva la profundidad de la experiencia de las personas a los límites de sus límites físicos y psicológicos. Cómo juega la vida real en la vida cotidiana.

Chapter

Comunicado de prensa de Michel Friedman de
16 de abril de 2012

Abogado, político, publicista y presentador de televisión
The author is not a new Goethe, nor is he a Thomas
Mann. Fortunately, because that's what makes
him so credible.

No puedo decir si Dietmar Dressel habla con el lector
aquí como autobiógrafo o si es pura ficción para mejor.
Sin embargo, tan cerca como llega al lector con sus historias, creo que una fuerte conexión personal con los per-
sonajes debe haber inspirado al autor.

Las historias son felices, hermosas, reflexivas y profundamente tristes. Tal como es la vida, una montaña rusa
salvaje de sentimientos. Llegada y despedida son temas
centrales del libro. Las instantáneas que te hacen feliz, te
invitan a detenerte y demorarte mucho, mucho tiempo.

El libro no educa, no enseña. Dressel no es un autor que
quiere mostrarnos algo. No es un maestro de la escuela
pero lo toca. El libro no ha cambiado mi vida, pero puede
que haya ganado algunas perspectivas. Cualquier cosa
que Dressel haya incluido en este libro debe haber sido
una experiencia intensa. De todos modos, quiero leer más
de este autor.

Dressel's work will certainly not be a book of which one will one day say: "What was left of the century". He lacks the provocative of a grass, the ramblings of Thomas Mann, the prepotent of Mario Barth. And there is no magic apprentice in it either. And yet I'm certain that a great author is discovering his talent here.

„ ¡Sacar a un niño de tu propio vientre

es tan hermoso como una

pieza mágica!"

Simone de Beauvoir

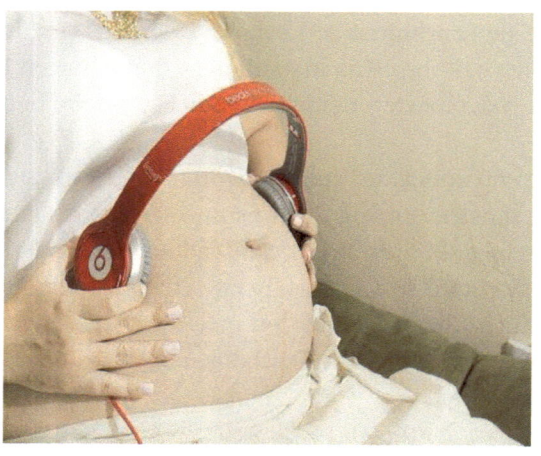

Dejo mi pequeño mundo

Si los sonidos de la boca de mamá no me engañan mucho, ella duerme. Creo que mamá ronca de placer. De todos modos, mi papá dice que si mamá debe hacer sonidos tan extraños. Sé quiénes son mi papá y mi mamá. Cuando se meten en la cama por la noche, a veces hablan sobre cómo supuestamente me produjeron y lo divertido que fue. Especialmente, dijo mi papá, cuando ambos intentaron hacerme oír. ¿Cómo practicaron esto y todo con placer? Bueno no lo sé. Quiero saber qué estaba pasando allí. Tal vez tenga algo que ver con la cama de mamá. Tan pronto como mi padre se metió en la cama por la noche y los dos se metieron de inmediato, bueno, no lo sé. Tengo que decir eso porque no puedo encontrar ninguna otra expresión en mi cabeza para eso.

De vez en cuando, papá decía que la apariencia de las orejas de una mujer no sería tan importante, porque las mujeres supuestamente arrojamos nuestro hermoso cabello hacia la cabeza con un gesto amplio en cada oportunidad, para que todos puedan ver nuestras orejas. Para algunos hombres, incluso hay un dicho que da vueltas. Creo que comienza más o menos con las palabras: „Así como los oídos de la mujer, también la apertura del cuerpo." En realidad, esta es una insolencia sin fondo de algunos hombres para pensar en algo, gracias. Gracias a Dios estoy en el vientre de mi madre y no tengo que molestarme con el mundo de los hombres.

Tal vez debería decir, ¡todavía no! Supuestamente, al menos eso es lo que dijo mi madre cuando conversó con su vecino sobre Dios y el mundo, el Señor en el cielo creó personalmente al hombre de barro y agua. Nosotras, nosotras, fuimos expulsadas de una costilla de este hombre hecha por Dios. ¡Gracias! Tengo mucha curiosidad por ver qué vendrá de mí del mundo creado de los hombres todo.

Ok, por supuesto, mi papá es una excepción y una de oro, por supuesto, ¡y sé lo que digo! Independientemente de si mamá está durmiendo ahora, en lo que respecta a mi ubicación actual, tengo que admitir una especie de piscina infantil cálida y acogedora en el estómago de mamá que no tendría mucho que decir si mamá y papá no hicieran. algo de vez en cuando traería movimiento en las inmediaciones de mi sala de estar. Bueno, movimiento se entiende con consideración.

Es bastante incómodo para mis padres y otras personas en este momento. Hace frío. Gracias a Dios, siempre es agradable y cálido en el vientre de mi madre. ¡Por supuesto que es importante para mí! Impensable si el agua estaba fría aquí. La sola idea me hace temblar. No tengo mucho espacio para moverme en mi pequeña bañera. Ok, hace calor, pero estrecho. O he crecido últimamente, o la barriga de mamá no puede seguir mi crecimiento. Tal vez todo me parece tan apretado.

¿Quién sabe? En cualquier caso, mejor que tener que congelarse en climas fríos.

Mamá a veces habla con papá sobre el clima incómodo en los meses de invierno y que debe tener cuidado de no caer conmigo. Eso no sería tan divertido para los dos. Que es el invierno Bueno, probablemente lo descubriré pronto.

Esto me lleva a una pregunta interesante que he estado haciendo durante algún tiempo. ¿No tengo idea de cómo salir del vientre de mamá? Si yo tengo que. Y tendré que hacerlo. No puedo pasar toda mi vida aquí en esta bañera. Eso definitivamente no es posible. Ni siquiera quiero pensar en cómo me metí en el vientre de mamá.

Ruidos fuertes y repentinos los distraen de sus pensamientos. Oh, sí, piensa, sobresaltada, los sonidos de la alarma de la mañana son muy fuertes. Mamá tiene que salir de su bonita cama caliente. Oh, lo siento. Olvidé decir eso. Mi madre se llama Brunhilde. Solo quiero decir que este es su nombre. Por supuesto que no la llamo así. Mentalmente digo mamá. No puedo hablar en el vientre de mamá.

Después de la campana con el despertador, el desayuno es lo primero que debe hacer. Por supuesto para los dos. Después de eso es hora de dormir. Por supuesto, solo para mí. Mamá probablemente conducirá su auto al supermercado. ¡Compras!

No me gusta conducir en el coche en absoluto. Mamá siempre está terriblemente emocionada. Probablemente por las calles resbaladizas y el tráfico en la ciudad. Todo esto me pone muy inquieto y ansioso. Debido a las preocupaciones acerca de mi mamá, empiezo a pelear salvajemente y me doy un salto mortal tras otro. En cualquier caso, ella no está entusiasmada con eso.

Finalmente de vuelta en nuestro cálido hogar. Mamá está ocupada desempacando sus maletas y con suerte tomará una pequeña siesta después de toda la limpieza.

¡Suena! Eso también. Ojalá no sea la señora Trudberg, nuestra vecina. Ella se sienta y se sienta con nosotros en la cocina cada vez, como si estuviera encadenada a la silla. ¿Qué digo? Tan pronto como mamá abre la puerta principal, el cuerpo de la mujer gorda se da vuelta por la entrada y corre directamente hacia la silla de la cocina. Tan pronto como se para frente a ella, cae pesadamente en el asiento de la silla y jadea audiblemente. Por el ruido de la silla, puedo ver que este mueble no debería funcionar particularmente bien dado el peso.

Nada con la esperada hora de sueño con mi madre. Gracias y sin cama. Apuesto a que la pregunta de la Sra. Trudberg está a punto de surgir: „¿Cómo está, querida

Susan?" Oh sí, olvidé decir eso. Mis padres eligieron el nombre de Susan para mí. Soy una niña, lo sé. Mamá y papá se enteraron de un médico que estaba buscando un área específica de mi cuerpo con un dispositivo técnico y probablemente lo encontraron. Porque desde esta investigación me llaman Susan. Para volver a mis pensamientos sobre cómo me metí en el estómago de mamá. Muy seriamente. ¿Cómo llegué allí?

¿Quizás eso tiene algo que ver con los violentos toques de papá en el cuerpo de mamá? Ella no es reacia cuando papá realmente se pone en marcha. Me doy cuenta de eso. ¡De lo contrario! Tu sangre comenzará a hervir y su corazón late con tanta fuerza que me da mucho miedo. ¿Qué debo hacer durante este tiempo? No me preguntan si me gusta o no.

¿Qué pasa si mi suposición es correcta? Bueno, no quiero esperar eso. Aquí en mi bañera, en el vientre de mamá, me queda muy apretado solo. Entonces, ¿qué pasa si una pequeña Susan, como yo, vino a mí a través del desastre de mamá y papá? Bueno, el miedo está disminuyendo. Realmente no tiene que ser así. ¿Aunque? Entonces podríamos jugar en parejas.

¿Quiero ver la cara de mi madre si realmente empiezo con la otra Susan en nuestra bañera compartida? Bueno, solo fue un pensamiento.

Algo me tira hacia abajo de vez en cuando. No duele ¡Realmente no! Pero es un sentimiento extraño. ¿Y abajo en absoluto? Cuando estaba jugando, en realidad no me di cuenta de que había algo como el fondo de mi bañera.

Si me atrae esta área, no sé cómo describirla. Me da miedo, sí! Al menos así es como me siento. ¿Solo quieres saber qué hay ahí abajo? Me siento mejor cerca del corazón de mamá, es decir, allá arriba, y también tengo más espacio allí.

Y de todas formas. Tengo que decir que. Los poderosos movimientos del corazón de mamá quitan todo miedo. ¡De Verdad! Es como si quisiera decirme con cada latido: „¡Me gustas mucho y te protejo! No tienes que tener miedo en mi estómago." A veces me llegan señales tan amorosas y beneficiosas, como si quisieran decirme cuán infinitamente queridos me quieren mis padres y que estoy firmemente incrustado en sus corazones.

Donde quiera que vaya ahora, se vuelve cada vez más estrecho para mí. Me daré a conocer a mamá para que pueda ver lo que me pasa. No quiero ir en esta dirección. ¿No sabes lo que se supone que debo hacer?

De alguna manera, mamá está ocupada con otros trabajos, y de vez en cuando también llora. Estoy seguro de que tiene dolor. ¡Siento que! ¿Podría ser yo el culpable? Tal vez sea porque me estoy tirando implacablemente hacia abajo. Finalmente, papá está ahí. Quiere ir directamente al hospital de la ciudad con mamá. ¡Eso también! Definitivamente no lo siento por eso. ¡O sí! Me siento bien. Excepto por el doloroso tirón en la parte inferior de mi bañera. Y mamá, por lo que puedo sentir, no falta nada. Aunque ella grita violentamente de vez en cuando y se aferra al estómago. Siento su mano, es muy temblorosa. Honestamente, ya no entiendo todo esto. Gracias a Dios. Ya no me empuja hacia abajo. Al no menos por el momento. Es extraño para una pequeña personalidad como yo. ¿Cómo debería saberlo una niña pequeña como yo? Mi mamá sufrió de camino al hospital. Me subí y bajé en mi baño caliente. Este día tampoco es tan agradable. Solo quiero decir.

Y nuevamente, el estómago de mi madre se está apretando. Si puedo expresar eso con mucha consideración. Creo que mamá debe haberse acostado. Cada vez que está acostada, al menos últimamente, se pone muy apretada en el estómago de mi madre.

Por ejemplo, lograr un equilibrio ya no es posible. Sería mejor si se levantara y decidiera dar un paseo tranquilo. Los ligeros movimientos de mamá se transfieren a su estómago y, por supuesto, a mí. Este es un balanceo agradable y beneficioso cada vez.

Ninguna de las hermosas experiencias y el derribo comienza de nuevo. ¿Alguien tira de alguien desconocido para mí y quiere empujarme a algún lado sin preguntarme si lo quiero y también me gustaría? Tan pronto como empiezo a presentar movimientos vigorosos de mis brazos y piernas, el estómago de mamá me presiona con movimientos vigorosos.

Oh dios, mamá está gritando de nuevo de dolor. Esperemos que papá esté cerca para buscar ayuda médica. Tampoco estoy particularmente bien, y si pudiera gritar, lo haría. Una fuerza salvaje me derriba inexorablemente. Realmente no puedo detenerlo. Aún si yo quisiera. Y se pone aún peor.

De repente hace mucho frío para mí. Mi acogedora y cálida piscina pierde agua. ¡Eso es imposible! No sé quién desconectó aquí. Al menos yo no. Sin mi agradable agua tibia? ¿Cómo se supone que voy a vivir en el vientre de mamá?

Ahora mi cabeza también está apretada. En verdad duele. No quiero decir mas

Ya no puedo mover nada. Mis piernas y manos están presionadas fuertemente contra mi cuerpo y el tirón salvaje tampoco se detiene. ¿Tengo que morir ahora tal vez? ¿Es así como me atraen, el camino a la muerte?

¡Por favor, querido Dios, no! Eso sería terrible ¿Y para mi mamá también? No, no, ¡por favor no! ¡Por el amor de Dios, no! ¿Por qué está gritando tan terriblemente fuerte? Querido Dios, ¡por favor, por favor! Si alguno de nosotros tiene que morir, ¡tómame! ¡Por favor llévame! ¿Cómo debería vivir papá sin mamá?

¡Bien! De repente todo se fue! No tengo color Mamá ya no llora y puedo mover mi cabeza, brazos y piernas nuevamente. Tengo mucho frío por eso. Si puedo decirlo. Todo a mi alrededor es una luz brillante. Me ciega los ojos. ¿Te preguntas qué me pasará ahora? Mi pequeño corazón tiene calambres y mi dolor está empeorando. ¡No puedo aguantar más!

Unas manos fuertes me sostienen en la espalda y las piernas. ¡Ay! Ahora alguien está golpeando mi trasero. ¡Entonces ahora es suficiente! Solo soy una niña pequeña. ¿Estas loco? El miedo no me suelta y me tortura terriblemente. ¿Es ese el infierno del que mi padre habló a veces y lo aterrador que debería estar allí?

De repente siento algo poderoso y animado reuniéndose en mi pequeño cofre y buscando un camino hacia arriba. Levanto mis pequeños brazos con todas mis fuerzas, abro la boca lo más posible y mi fuerte grito de ayuda se precipita por la habitación y busca el camino hacia mi madre más querida: ¡Maaamiii!

Las manos fuertes que me sostienen suavemente me pusieron en los brazos de mi madre. Siento un ligero golpe cuando pongo mi manita en su pecho, el latido de mi madre. Él me dio todo el tiempo en su cálida barriga el amor, la confianza y la fuerza para estar donde estoy ahora.

Los labios de papá en mi frente y el calor regordete de mamá. Qué día infinitamente feliz. No lo olvidaré en toda mi vida.

„El tamaño y el progreso moral de una nación se pueden medir por la forma en que trata a los animales"

Mahatma Gandhi

Mi cerdo doméstico Hansi

A la fría noche de noviembre, envuelta en una incómoda aguanieve, se cierne sobre Mussbach. Un pequeño pueblo al pie de los Montes Metálicos.

El invierno ya está llegando a principios de este año. Esperemos que las cosas mejoren mañana, piensa Klaus. Puede dormir al día siguiente.

Alabo la panadería de mis padres. Gracias al gran horno, siempre hace calor en nuestra casa. No importa el clima que tengamos. Es cierto que en el verano a veces hace demasiado calor en la casa. Pero mejor que tener que congelarse en el frío.

El sistema de calefacción escolar está roto. El cuidador dice y necesita ser reparado. El director ha organizado una semana libre para todos los alumnos. El parejo de la panadería despierta a Klaus de su sueño. Son las cuatro de la mañana. Su padre pone sus primeros sesenta trozos de masa en el horno para los panes redondos de granja. Con el pensamiento no particularmente tentador de tener que levantarse tan temprano todas las noches, Klaus piensa que no. Nunca aprenderé tal profesión. Si a mi padre le gusta o no. Con estos pensamientos, Klaus se vuelve hacia el otro lado y continúa durmiendo.

El tentador olor de los panecillos frescos y el dulce aroma de la tarta de frutas y los pretzels despiertan a Klaus de su sueño. Después de una escala para un pequeño lavado de gatos en el baño, se sienta a la mesa del desayuno con sus padres. Este ritual de desayuno común es una parte integral de su cabeza.

Su madre se limpia la pasta de dientes de la boca con una pequeña sonrisa y dice: „Puedes ser útil hoy y ayudarme en la cocina con la limpieza. En la tienda tienes que llenar los estantes con los productos horneados frescos. Tienes los próximos días fuera de la escuela." „No hay problema, mamá, pero primero me ocuparé de nuestro Hansi, su estómago seguramente gruñirá."

De alguna manera, sus padres de repente parecen tan deprimidos cuando el discurso llega a Hansi. Klaus no sabe eso de sus padres. ¿No está enfermo Hansi? No, eso es casi imposible. El lo sabía. Ah, como sea! Voy a Hansi por el momento, Klaus murmura para sí mismo. Rápidamente se mete los restos del rollo de mermelada en la boca, se limpia las manos con los pantalones para molestia de su madre y se dirige al establo.

Una de sus tareas diarias es alimentar a Hansi, el cerdo doméstico de la familia y su amigo. Sus padres le regalaron Hansi para Navidad. Por supuesto, como un lechón muy pequeño. Como un gran cerdo, habría sido un mal regalo para él.

A Klaus se le permitió elegir el nombre. Tal vez fue una sorpresa para él cuando el pequeño fugitivo salió de la canasta y pasó a toda velocidad por la sala de estar, casi atropelló el árbol de Navidad y solo su padre pudo atraparlo con gran esfuerzo.

Gracias al buen cuidado de Klaus y el amoroso apoyo de sus padres, este pequeño Quiekser se convirtió en un gran cerdo doméstico después de unos meses. En una panadería siempre se cae algo todos los días. A Hansi le gusta comer pan viejo, panecillos y bordes de pastel. Sus papas hervidas con leche, bien revueltas y ligeramente calentadas, son indiscutiblemente sus platos favoritos. Golpea tanto que no solo ves tu apetito, sino que también lo escuchas.

En el camino a su establo, Klaus se encuentra con un hombre muy fornido con una bata blanca en la granja. Bueno, piensa, ¿un hombre extraño temprano en la mañana? ¿Qué está haciendo en nuestra granja? Nunca lo he visto aquí en el pueblo. Murmura suavemente para sí mismo. Le pregunta vacilante a este hombre y a su supuesto veterinario, bueno, podrías creerle de todos modos:

„¿Está enfermo mi Hansi?" ¡No, no! Todo está bien con la cerda. Y con una sonrisa en su rostro dice": „El cerdo está bien y Hansi es un buen nombre para tu amigo." „¡Sí, es nuestro cerdo doméstico y un gran compañero de juegos para mí!" „¡No te preocupes innecesariamente! Todo está bien con tu Hansi. Ha crecido bien y también está gordo."

Hansi sale por la puerta abierta del establo hacia la terraza del patio. Cuando reconoce a Klaus, quiere correr hacia él, pero un hombre lo dirige con un palo a la terraza en dirección al llamado veterinario. ¡Otro extraño, yo tampoco lo conozco! ¡Bueno, eso se está volviendo cada vez más hermoso!

El supuesto veterinario se acerca a Hansi, le habla en voz baja, le rasca la cabeza, el cuello y detrás de las orejas. A mi amigo también parece gustarle todo esto. Klaus murmura en voz baja para sí mismo. Le molesta cada vez más lo que los dos hombres hacen con su Hansi. Se queda quieto y gruñe alegremente para sí mismo. Con su otra mano, la bata blanca sostiene un cilindro de metal de aproximadamente 20 cm de largo en la frente de Hansi.

¿Qué se supone que es eso? piensa Klaus, y simplemente no tiene sentido todo el alboroto de estos dos hombres. Pero ahora es suficiente, piensa enojado. Le preguntaré de inmediato a mi padre de qué se trata todo esto. Debe saber qué están haciendo los dos hombres con mi Hansi aquí en nuestra granja. Se aleja de los hombres extraños y Hansi y se dirige a la puerta principal.

Un fuerte estallido, como el de una pistola, de repente azota el aire. Klaus se detiene, sobresaltado, se vuelve hacia las dos batas blancas y ve a Hansi tirado en el suelo con convulsiones. Con un cuchillo en la mano, uno de los dos hombres corta el cuello de Hansi. La sangre brota de la gran herida e inmediatamente pone roja la terraza.

La vista es insoportable para Klaus. Sus rodillas comienzan a temblar, su estómago comienza a rebelarse y marearse en la cabeza, se arrastra con una fuerza tremenda y todo su cuerpo tiembla en el jardín por miedo a su amigo. Se arrastra completamente fuera de su mente debajo de una pila de madera y ya no quiere ver ni escuchar nada. Su estómago tampoco puede calmarse. Él tiene que vomitar.

Los gritos de miedo de su alma herida corren por su cuerpo y no quieren calmarse. Justo fuera de este horrible lugar, piensa con dificultad. Su amigo Hansi tiene que morir, ¿cómo puede continuar sin él? La oscuridad lo envuelve y le hace olvidar el presente. De manera protectora, lleva sus pensamientos atormentadores a otro mundo.

Cuando se despierta, yace en los brazos de su padre. Su madre, con lágrimas en los ojos, le aprieta las manos. ¡Está tranquilo en la habitación! Klaus siente la calidez y el afecto de sus padres. Su condición física y mental todavía es débil para hablar con su padre y su madre sobre la muerte de Hansi. El sueño lo lleva a otro mundo y deja que sus pensamientos descansen.

Como todas las mañanas, el aroma lo despierta de la panadería. Hoy es particularmente difícil para él levantarse. La experiencia del día de ayer pesa mucho en su corazón y alma. Todo lo que tenía que mirar está firmemente almacenado en su cabeza y no se puede reprimir.

Llorar llorar sacude su cuerpo y no lo deja descansar. Es difícil para él arrastrarse al baño para calmar su cara de pasto con agua tibia. Su padre entra inesperadamente al baño, lo toma en sus brazos y lo lleva a la cocina.

Algo no encaja con el ritual del desayuno de hoy. Su madre ya está sentada a la mesa con una cara llorosa. Su padre lo pone en el banco de la esquina para que pueda sentarse entre él y su madre. Se ven deprimidos y tristes y su padre se vuelve hacia él con una cara pensativa.

„Nunca más te daremos un animal y lo mataremos por alguna razón. ¡Lo prometo! ¡Mi decisión de matar a Hansi no fue correcta! No puedo devolverte a tu querido amigo, por mucho que me gustaría hacerlo, Klaus. Tienes que creerme. Quizás juntos podamos encontrar una salida a esta terrible situación. Créeme, todo me deprime mucho a mí y a tu madre. "Klaus no recupera a Hansi y siente que no está solo con su dolor. Con la promesa de su padre y su madre de que nunca más volvería a matar a un animal que pertenece a la familia, sus padres lo liberan de una pesada carga.

Klaus se sienta solo en la mesa por un rato. Su padre está de vuelta en la panadería y su madre está lavando los platos. Él es responsable del secado. No es necesariamente su actividad favorita, pero lo hace porque ayuda a su madre en el trabajo.

Todo lo que el carnicero y su asistente han hecho de Hansi se entrega a familiares y amigos.

Los días restantes pasan como en un sueño. Klaus todavía está fuera de la escuela y planea crear un orden en el jardín para el próximo invierno. Sin duda, la jardinería lo distraerá de sus experiencias con Hansi, y arreglará el establo el fin de semana.

El sábado, un día en el que la panadería de su padre siempre está ocupada, ciertamente no podrá ayudarlo en el establo. Independientemente, Klaus piensa, buscaré en la casa de Hansi.

¿Cómo se ve el establo? Todo lleno de paja y heno. ¿Cómo viene eso aquí? ¿No hay algo crujiendo allí? Entonces no puedo usar ratones aquí. Déjalos ir al granero. Es curioso, en la esquina, lo que se sacude de la paja, ¿se ven como dos orejas largas? Ciertamente y los conejillos de indias no lo son. Lo sé mucho, piensa Klaus. ¡No! ¡Un conejo! ¡Y otro más! ¡Hurra, tengo dos conejos!

Dos manos descansan sobre sus hombros y lo sostienen. Es su padre! ¿Deberías ir a nuestros vecinos y preguntarle al padre de Gottfried si puede darte un saco de heno y un pequeño cubo de granos de trigo? Gracias por los dos conejos. Él te lo dio. Mamá te da zanahorias y ensalada. „¡Sí, papá!" „¡Cuando termines tu trabajo, puedes ayudarme en la panadería!"

A pesar del dolor por Hansi, él está muy feliz. Los pequeños lechones con su amigo Gottfried también ayudan a soportar su dolor.

Pasará un tiempo antes de que las heridas en su alma y corazón sanen. Los dos conejos, por supuesto, no pueden reemplazar a su Hansi muerto, pero sin duda se convertirán en buenos amigos.

La promesa de sus padres de nunca volver a matar a una mascota lo ayudará a superar el dolor de la muerte de Hansi y permanecer sin temor y preocupación por sus dos nuevos compañeros de juego.

„El pensamiento de la cambiabilidad de todas las cosas terrenales es una fuente de sufrimiento infinito y una fuente de infinito. Comodidad "

Marie von Ebner-Eschenbach

El carro de la leche

Dónde queda el coche de la leche hoy? Se pregunta Klaus para sí mismo. Debería haber estado aquí hace mucho tiempo. Es el único automóvil de transporte grande, excepto el automóvil pequeño de su padre, que trae un poco de ruido de tráfico al pueblo.

De repente, se escuchan ruidos de motor en el aire. Finalmente, piensa Klaus, el carro de la leche se acerca. Nuestros granjeros en el pueblo quieren deshacerse de su leche. Las vacas no preguntan si es domingo, día laborable o día festivo. Quieren que las ordeñen todos los días y si la leche no se vuelve ácida, debe llevarse rápidamente a la granja lechera de la ciudad cercana.

Primero los neumáticos chirriantes de un automóvil, luego los gritos horriblemente aterradores le atan los pies al piso estable. ¡Tienes que ayudar de inmediato! Golpea en su cabeza. Los pies solo quieren moverse a regañadientes en dirección a la calle, como si ya sospecharan qué esperar allí.

El carro de la leche está cruzando la calle desde la entrada de la panadería. El conductor del camión se encuentra en la puerta del conductor, como aturdido, simplemente incapaz de moverse.

En la calle, en la gran rueda delantera del carro de leche, un pequeño cuerpo humano. La cara está terriblemente desfigurada y llena de sangre. A pesar de las heridas en la cabeza, Klaus reconoce a su amigo Gottfried.

Sus gritos son espantosos y su cuerpo tembloroso es una imagen de horror. Klaus no solo lo siente con su corazón, sino también con cada fibra de su cuerpo. Dios mío, ¿qué puedo hacer para ayudar a Gottfried? Los pensamientos giran en su cabeza y él pide ayuda en necesidad. Con esfuerzo y gran esfuerzo, y sin embargo con el mayor cuidado posible, levanta a su amigo y lo arrastra a la panadería con sus últimas fuerzas. La cálida sangre del cuello de Gottfried le salpicó la cara y las manos de su amigo se apretaron en su espalda, latiendo salvajemente.

Klaus tiene que dar una imagen terrible con Gottfried en sus brazos. Su padre rápidamente corre hacia su hijo, suavemente le quita a Gottfried y lo pone sobre la mesa de hornear. Al mismo tiempo, llama a su esposa para que llame al servicio médico de emergencia inmediatamente, ¡inmediatamente!

Una gran cantidad de sangre fluye del lado derecho del cuello de Gottfried, la mesa para hornear se tiñe de rojo inmediatamente. Klaus ya no puede absorber todo esto mentalmente. Se vuelve negro ante sus ojos, se desploma y permanece acurrucado inmóvil en el suelo.

Lo primero que nota es una bata blanca y la cara seria de un hombre mayor de pelo gris. Esta vez es realmente un médico. Mira a Klaus seriamente con ojos tranquilos, toma sus brazos en sus manos y habla en voz baja: "Tú y tus padres salvaron la vida de su amigo Gottfried con su ayuda rápida. Sin su acción inmediata, su amigo se habría desangrado. Gottfried resultó gravemente herido en el accidente automovilístico. La lesión de la arteria carótida ha sido potencialmente mortal. Gracias a Dios, pudimos detener el sangrado a tiempo. Las otras heridas graves son muy graves, pero gracias a Dios no por tu amigo.

Incluso las terribles lesiones faciales, tan terribles como parecen, sanarán nuevamente. Probablemente quedarán algunas pequeñas cicatrices. „Creo que tu amigo podrá volver a la escuela en unos tres meses. Puedes visitar a Gottfried con tus padres en el hospital la próxima semana."

Cuando el doctor dice eso, sus ojos sonríen. Toma a Klaus en sus brazos y se despide.

Un grito de alegría escapa de su pecho torturado y empuja la fuerte tensión emocional y el terrible evento a un segundo plano.

Klaus ha aprendido algo sobre la vida. Con su mente joven, podía entender y sentir con su corazón que hay días en la vida que pueden cambiarlo todo.

„Te digo esto en despedida: ¡escucha al pájaro! ¡Escucha la voz que viene de ti mismo! Si ella está en silencio, esta voz, sabe que algo está mal, que algo está mal, que estás en el camino equivocado. Pero si él canta y habla tu pájaro, lo seguirá a cada temperatura tation y en el más lejano y más frío soledad y hacia el destino más oscuro "

Hermann Hesse

Una conversación con la voz interior

„ La conexión con el ser interno, el ser dentro de nosotros, es la única base segura, sobre la cual puedes construir tu vida "

Swami Sivananda Radha

La mañana cayó en la cama de Helmut a las seis de la mañana. Como todos los dias. ¡Mandona e incondicional! Incluso su nombre es el mismo todos los días: Helmut Fedderson. Siempre Helmut Fedderson. ¡No Gustav Fedderson! No sería tan malo tampoco. ¿Todo en mi vida tiene que funcionar como un reloj? ¡No demasiado lento ni demasiado rápido! ¡Siempre agradable y regular! Todo es asqueroso, Helmut piensa malhumorado.

Realmente no quiere eso. Una porción de variedad y, a veces, una o dos acciones espontáneas le harían bien a su vida. En realidad, es más para un estilo de vida relajado e informal. ¿Solo quiero saber quién es responsable de esta obstinada regularidad en mi vida diaria? Al menos yo no, eso es seguro.

„Hola Helmut, ¿estás tratando de obligarme a una discusión sin sentido?" ¿Qué está pasando en mi cabeza? O mejor, ¿quién está en mi cabeza? En realidad, estoy despierto y con la cabeza, espero que todo esté bien. Como saben, preguntar no cuesta nada, piensa con curiosidad. „Hola, ¿alguien aquí quiere obligarme a tener una conversación?"

„No te impongo nada, mi querido Helmut, pero me ocuparé de un comportamiento ordenado en tu vida, y eso durante mucho tiempo." „¿Oh no?" „¡Pero sí!" ¿Es tan discreto? Bueno, al menos no he notado nada sobre tus actividades. ¡Al menos no hasta hoy!" „Dime, Helmut, solo como un ejemplo de muchos otros, todavía no te has dado cuenta de que te gusta estar en la mañana, especialmente si la mañana no quiere mostrarse a sí misma. ¡El lado soleado quiere quedarse en tu cama, como hoy, en la oficina o no!" „¡Dios mío otra vez, sucede! ¿Qué tiene de inusual?" „¿Qué significa inusual aquí? Bueno, eres gracioso! Yo, tu conciencia, también puedes decirme eso, si eso te gusta más, te tengo en esos minutos de duda en los que deliberas: me levanto y voy a la oficina o prefiero quedarme en la cama por un tiempo - siempre apoyado mentalmente y estimulado moralmente para cumplir con sus deberes profesionales en la oficina." „¿Oh qué?"

„Entonces, ¿me sacaste de mi bonita y cálida cama? ¡Eso es malo contigo!" „¡Es posible, Helmut, es posible! ¡Pero tus colegas están de alguna manera agradecidos por eso!" „Entonces, ¿estás al mando de mi vida?" "Es cierto que no siempre es fácil para ti. En última instancia, siempre eres perspicaz y sigues mi consejo." "¿Qué significa el consejo aquí? ¡Te refieres a tus órdenes! "Solo quiero decir bien contigo." "¿Ni siquiera puedes irte de vacaciones? No me siento bien hoy. Mi cabeza está caliente como una papa. No hay lugar en mi cuerpo que no cause dolor. No tengo ganas de correr a la oficina solo porque piensas que es correcto. ¡Como mi voz interior deberías saber eso! ¿Por qué ni siquiera piensas en mi salud? No tienes que pensar en mi estilo de vida. ¡Lo hare yo mismo!"

„Sí, Helmut, por supuesto que tienes razón, y el resultado de mi examen no es bueno para tu cuerpo." „¿Qué quieres decir?"

Y de nuevo su voz interior es silenciosa. Helmut se ha vuelto inquieto por las palabras y reflexiona sobre lo que dirá su voz interior.

„¡Tienes que ir a un hospital de inmediato!" „¡Eso es lo último que haré! ¿Y por qué? ¿Por qué debería hacer eso?" „En su último viaje de negocios a Senegal, contrajo una enfermedad pulmonar peligrosa. La enfermedad se llama SDRA. Los médicos dicen: „insuficiencia pulmonar aguda, progresiva" o shock pulmonar."

Por un momento hay un silencio fantasmal en su cabeza, como si solo hubiera estado soñando en los últimos minutos.

„Sí, Helmut, por supuesto que tienes razón, y el resultado

de mi examen no es bueno para tu cuerpo." „¿Qué quieres decir?" Y de nuevo su voz interior es silenciosa. Helmut se ha vuelto inquieto por las palabras y reflexiona sobre lo que dirá su voz interior.

„¡Tienes que ir a un hospital de inmediato!" „¡Eso es lo último que haré! ¿Y por qué? ¿Por qué debería hacer eso?" „En su último viaje de negocios a Senegal, contrajo una enfermedad pulmonar peligrosa. La enfermedad se llama SDRA. Los médicos dicen: „insuficiencia pulmonar aguda, progresiva" o shock pulmonar."

Es posible que haya inhalado gases en la compañía donde trabajó durante un período de tiempo que son muy dañinos para los pulmones. La enfermedad es potencialmente mortal para usted. „Debe llamar inmediatamente a un servicio médico de emergencia. No puedo hacer eso por ti, incluso si quiero."

„¡Eso está mejorando y mejorando!" „Si no puedes hacer eso, te asfixiarás aquí en tu departamento y me libraría de mi trabajo contigo." „¿No crees eso para mí como soltero en temprano en la mañana, ¿todo es mucho una vez?" „Ya es posible, Helmut. No puedo cambiar eso incluso si quisiera. Solo puedo ayudarte espiritualmente."

Y de nuevo llega la mañana a la cama de Helmut. Hoy tímido y compasivo, para no molestarlo en la cama. Despertados, los ojos de Helmut capturan una habitación sin ventanas, de tamaño mediano. Se instalan equipos técnicos y monitores en todas partes en las paredes. Sus oídos escuchan pitidos regulares, que lo hacen sentir inquieto de una manera muy deprimente. Los brazos están atados a izquierda y derecha de la cama. Hay un tubo en su boca a través del cual se bombea regularmente aire fresco a sus pulmones y se extrae nuevamente el aire usado.

Sobre él, unido a un poste, hay una botella grande con un tubo que lleva a su brazo izquierdo y probablemente está en una vena allí.

Algo debe haberle pasado a mis pulmones. ¿Qué dijo mi voz interior? „Insuficiencia pulmonar aguda o progresiva o shock pulmonar.“

Luego se le ocurre la palabra desayuno. No es de extrañar, la mañana aún no ha dicho adiós. ¿Cómo se supone que desayuna cuando tiene la pipa en la garganta? Si lo saca, podría tener que sofocarse. Si deja el tubo en sus pulmones, su estómago no estará emocionado.

Una enfermera ciertamente no sería mala en esta situación. Pero, ¿cómo debería organizar eso? No puede llamar, la pipa está en su boca. Y no puede hacer nada con las manos. Están atados a la cama.

Helmut está a punto de colapsar y su voz interior no responde para ayudarlo en esta grave situación. ¿Cuál es el dicho apropiado: „E incluso si la necesidad es tan difícil, una pequeña luz proviene de alguna parte."

Esta vez en forma de una enfermera morena guapa, que difícilmente le interesará en su situación actual. Lo principal es aliviar su dolor, que apenas puede soportar.

„Buenos días, Sr. Fedderson." La voz tranquila lo saca de su estado de ánimo deprimido. Soy la hermana Helga y responsable de ella. ¿Cómo te sientes? „¡Divertido, realmente muy divertido! ¿Cómo se supone que debo hablarle a la tubería en mi garganta? Bueno, estoy tratando de mover mi cabeza hacia la izquierda y hacia la derecha. Ella entenderá lo que estoy diciendo."

„¡Te entiendo!" Por supuesto, no están bien en esta situación. Lo han llevado a nuestra unidad de cuidados intensivos con una enfermedad pulmonar potencialmente mortal y necesita ventilación mecánica. No te preocupes, no morirán de hambre. Se les administran líquidos y medicamentos, especialmente aquellos para aliviar el dolor, en sondas en sus brazos izquierdos. Le chuparé los pulmones cada dos horas. Lo haré con mucho cuidado, pero el dolor no se puede evitar por completo. Nuestro médico jefe, el Dr. Weber, le hablará sobre el tratamiento adicional esta tarde. ¡La estoy dejando sola ahora!

Si hay una situación médicamente amenazante con ellos, puedo notarlo por los pitidos. No te preocupes innecesariamente y trata de dormir." ¿Dormir? ¿Cómo debería dormir?, piensa Helmut de mal humor. Cuando todavía estaba sano en la cama de su casa, y el despertador sonó temprano a las seis, se habría quedado allí una u otra vez. Pero aquí en la cama? ¡No, gracias!

Si cierra los ojos para dormir, no durará mucho. Si vuelve a abrir los ojos, ve una manta blanca y equipo técnico en la pared. ¿Una ventana para mirar? ¿Me estás tomando el pelo? ¿Hablas en serio cuando dices eso? La habitación en la que se encuentra debe estar aislada. Sufre una enfermedad muy contagiosa y peligrosa.

Una voz masculina interrumpe su melancolía. „Buenas tardes, señor Fedderson. Mi nombre es Dr. Weaver. Su llamada de emergencia les salvó la vida. Ha contraído una enfermedad pulmonar rara. La tasa de mortalidad, es decir, la proporción de muertes con respecto al número de enfermedades, todavía es relativamente alta, pero estamos seguros de que volverán a mejorar."

„Debido a los avances en la terapia de apoyo en las últimas décadas, la tasa de mortalidad se ha reducido drásticamente. No te preocupes, están en las manos adecuadas con nosotros. En unas doce semanas estarán en casa a salvo."

Que mensaje Le gustaría agradecer al médico, pero con el tubo en la garganta no es posible. Llorando de alegría, considera cómo cambiará su vida futura. „Hola, mi querida voz interior. ¿Sigues ahí o te has desmoronado de mi cuerpo? Helmut llama mentalmente a su voz interior." „¿Cómo puedes pensar en mí, Helmut? "Responde su voz interior. Y con gran alivio.

„Un orden concienzudo y fiel en una persona como yo no solo desaparece, así que nada para ti solo porque tu cuerpo no lo está haciendo tan bien. En cualquier caso, me complace que estés volviendo a una vida ordenada, que por supuesto que voy a gestionar y regular para ti." „Oh, querida voz interior. ¡Hablando de vida regulada!

Helmut organiza su mundo de pensamientos y vuelve a su voz interior. „¿Conoces el término disposición final?" „¡Lo sé, Helmut! Raramente escucho este tipo de arreglo, pero lo sé. „¡Genial!"

„De ahora en adelante mantendrás la boca cerrada por el resto de mi vida, no darás más órdenes espirituales y escucharás tranquila y bien mientras tomo mi vida en mis propias manos. ¡Finalmente podré hacer lo que quiera! ¿Me entendiste?" „¡Odio hacerlo, Helmut, pero lo entendí! "

„Todo esto también tiene algo bueno para ti, mi querida voz interior. Aprenderás mucho sobre la vida real. Por supuesto, también puedes dejarme y buscar otra víctima. Créeme, será emocionante e interesante para mí. Esperamos que llegue el momento."

„*Es fantasmal, cada momento de la vida quiere decirnos algo, pero no queremos escuchar esa voz fantasma. Tenemos miedo, cuando estamos solos y en silencio, que algo será susurrado en nuestros oídos así que odiamos el silencio y nos adormecemos* "
Con cordialidad
Friedrich Nietzsche

„*El único tirano que reconozco en este mundo es la voz interior tranquila*„
Mahatma Gandhi

„*El tren del corazón es la voz del destino* "
Friedrich Schiller

La Plaza Wenceslao con sus dos caras

Días en Praga

Praga una hermosa ciudad con dos caras

Todas las llamadas entrantes deben bloquearse por la noche. Sería tan confortablemente tranquilo en la cama, y los sueños permanecían intactos mientras deambulaban por el misterioso mundo de la vida espiritual inexplorada.

„Hola Pavel, ¿qué es tan importante a estas horas de la noche que te hace tocar el timbre de mi puerta?" „Di Christian, ¿no lees un periódico, no ves televisión y no escuchas la radio?"

„¿Estás hablando de tus esfuerzos combativos para desarrollar estructuras democráticas en tu país de origen?" „Y dado que conozco bien tu actitud sobre este tema, me encantaría conocerte pronto aquí en Praga. ¿Por supuesto solo hasta donde tu tiempo lo permita?" „Podrías haberme dicho eso mañana por la mañana también." „Disculpe, Christian, mi compostura ha desaparecido de mi cabeza." „Ok, Pavel, ya voy." „¡Estoy feliz, Christian! ¿Cuándo puedes estar aquí?" „Voy a arrancar mi coche mañana al mediodía y estaré contigo en Praga a última hora de la tarde."

La noche en Pavel no es para dormir. Las discusiones no quieren terminar. Un pequeño desayuno en la mañana y somnoliento como todos, va a la manifestación de protesta en la Plaza Wenceslao de Prague.

Lo que sigue después de una hora de protestas pacíficas por parte de los manifestantes solo puede compararse con una terrible pesadilla. Christian ni siquiera recibió una bofetada en la cara de sus padres, ni una paliza.

Los vehículos blindados de transporte de personal, los cañones de agua y una gran cantidad de vehículos de transporte de personal con policías armados conducen sin tener en cuenta el tráfico, deliberadamente al lugar donde miles de manifestantes ya se han reunido. Matones de la policía y soldados del ejército atacan brutalmente la marcha pacífica de protesta.

Christian está casi desmayado por los golpes de los soldados. Junto con otros manifestantes, son arrojados a un vehículo.

Después de un corto viaje, el vehículo policial frena y se detiene. Christian no puede ver nada, un saco sobre su cabeza lo impide. Se abre una puerta. El vehículo policial conduce a un patio y se detiene nuevamente. Con fuertes gritos, por supuesto en idioma checo, el demante herido tiene la orden de bajarse del auto de la policía de inmediato. Un rugido real si no fuera tan grave.

Lo que sigue después de una hora de protestas pacíficas por parte de los manifestantes solo se puede comparar con una terrible yegua nocturna. Christian ni siquiera recibió una bofetada en la cara de sus padres, ni una paliza.

Los vehículos blindados de transporte de personal, los cañones de agua y una gran cantidad de vehículos de transporte de personal con policías armados conducen sin tener en cuenta el tráfico, deliberadamente al lugar donde miles de manifestantes ya se han reunido. Matones de la policía y soldados del ejército atacan brutalmente la marcha pacífica de protesta.

Christian está casi desmayado por los golpes de los soldados. Junto con otros manifestantes, son arrojados a un vehículo.

Lo que sigue después de una hora de protestas pacíficas por parte de los manifestantes solo se puede comparar con una terrible yegua nocturna. Christian ni siquiera recibió una bofetada en la cara de sus padres, ni una paliza.

Los vehículos blindados de transporte de personal, los cañones de agua y una gran cantidad de vehículos de transporte de personal con policías armados conducen sin tener en cuenta el tráfico, deliberadamente al lugar donde miles de manifestantes ya se han reunido. Matones de la policía y soldados del ejército atacan brutalmente la marcha pacífica de protesta.

Christian está casi desmayado por los golpes de los soldados. Junto con otros manifestantes, son arrojados a un vehículo.

Después de un corto viaje, el vehículo policial frena y se detiene. Christian no puede ver nada, un saco sobre su cabeza lo impide. Se abre una puerta. El vehículo policial conduce a un patio y se detiene nuevamente. Con fuertes gritos, por supuesto en idioma checo, el demante herido tiene la orden de bajarse del auto de la policía de inmediato. Un rugido real si no fuera tan grave.

Como Christian no entiende los gritos, se queda allí. Un policía lo saca del auto de la policía y lo deja caer al suelo. Otro policía le quita la capucha de la cabeza, lo agarra por la chaqueta y lo arrastra como un trozo de madera a una habitación sin ventanas. Allí lo arroja sobre un banco de madera y cierra la puerta.

Algún tiempo después, el mismo policía llega y golpea a Christian, que solo puede moverse con gran dolor, como una pieza con golpes poderosos y patadas en una habitación sucia. Independientemente de sus heridas, saca cosas de su cuerpo y lo rocía con un chorro de agua fría durante minutos.

Después de esta gira de tortura, arroja un bulto de ropa sobre el piso mojado y, con un fuerte rugido, le deja claro ponerse la ropa.

 Christian yace en el piso de la celda con una manta en la mano y se agota segundos después y al final de su fuerza en otro mundo.

Es tarde en la noche. Una lámpara débil se ilumina mate en el techo bajo de la celda y baña la habitación con una luz difusa. Christian lentamente encuentra su camino de regreso a la realidad. Ve hombres corriendo por la celda como sombras oscuras. Dos de ellos están sentados sobre su colchón y tratan cuidadosamente de limpiarle las heridas de la cara con un trapo. Estos esfuerzos, así como están destinados, causan dolor adicional y lo hacen completamente despierto.

Los acontecimientos de las últimas horas están cayendo violentamente en su conciencia. Los bastones, las botas y los puños de los agentes de policía le han hecho una gran herida en la cara y el cuerpo.

La cara está hinchada. Christian ve todo a través de la niebla. Su dolor es insoportable. Es difícil para él decir qué parte de su cuerpo no está afectada. Con su voz quebradiza, agradece las pocas palabras que puede hablar en checo y se presenta a sus ayudantes. Los dos hacen lo mismo.

„Mi nombre es Michael y soy médico." El mayor de los dos se presenta. „Su condición es catastrófica. De todos modos, esa es mi primera impresión de ti. No puedo evaluar posibles lesiones internas. Tendría que examinarte más de cerca. Lo que es imposible en esta celda de la prisión."

„Su vida no se ve amenazada de inmediato, pero debe ser examinado urgentemente por un médico. ¿En qué brutal pelea te metiste?" „¡Sí, es verdad! Yo y muchos otros manifestantes pacíficos hemos sido brutalmente golpeados, pero por diferentes razones de lo que piensas."

Y Christian comienza a contar sus experiencias en Wenzelsplatz en Praga. Hay un silencio inusual en la sala. Apenas oyes el aliento de los prisioneros. Algunos se limpian los ojos con las mangas. Nadie habla una palabra.

De repente ruidos fuertes de cierre. Se abre la puerta de la celda y dos guardias de la prisión, cada uno con un bastón en la mano, asaltan como búfalos salvajes, gritan y rugen y golpean brutalmente a todos los prisioneros hasta que cada uno de ellos yace sobre su colchón con ambas manos sobre su cabeza.

Los policías están orgullosos de sus acciones, se ríen y se dan palmaditas en la espalda con aprobación. Cuando los dos policías salen de la celda, uno de ellos patea a Christian en la espalda con su bota. Sus gritos de dolor probablemente suenen como música para estos policías. La puerta de la celda está cerrada y con sus llaves golpean las puertas de la celda por un momento.

Y nuevamente, los prisioneros están buscando un lugar en esta pequeña y oscura celda para descansar. Es el miedo a la violencia y la humillación lo que la hace llorar. El sueño reparador trae paz a todos por unas horas.

Otro ruido de llaves en las puertas de la celda. Se supone que es el despertador de la mañana. Panterados por los golpes nocturnos de la policía, los internos de Christian intentan arreglar sus colchones. Michael se estira suavemente bajo los brazos de Christian y lo levanta. „¡Christian, tu condición es terrible!" „Michael, tengo que ir al baño con urgencia." „¡No tenemos un baño aquí en la celda!" „¿Tengo que llamar a estos oficiales de policía?"

Michael toma el brazo de Christian y lo lleva a la esquina al lado del pequeño agujero de rejilla en la pared exterior. Allí Christian descubre un cubo de metal cubierto. Ahora también se da cuenta de dónde proviene el terrible e insoportable hedor de las heces en la celda. No importa cómo respire, con la nariz o la boca, tiene que vomitar.

La puerta de la celda está cerrada y con sus llaves golpean las puertas de la celda por un momento. Y nuevamente, los prisioneros están buscando un lugar en esta pequeña y oscura celda para descansar. Es el miedo a la violencia y la humillación lo que la hace llorar. El sueño reparador trae paz a todos por unas horas.

Otro ruido de llaves en las puertas de la celda. Se supone que es el despertador de la mañana. Panterados por la golpiza nocturna de la policía, los internos de Christian intentan arreglar sus colchones. Michael se estira suavemente bajo los brazos de Christian y lo levanta. „¡Christian, tu condición es terrible!" „Michael, tengo que ir al baño con urgencia." „¡No tenemos un baño aquí en la celda!" „¿Tengo que llamar a estos oficiales de policía?"

Michael toma el brazo de Christian y lo lleva a la esquina al lado del pequeño agujero de rejilla en la pared exterior. Allí Christian descubre un cubo de metal cubierto. Ahora también se da cuenta de dónde proviene el terrible e insoportable hedor de las heces en la celda. No importa cómo respire, con la nariz o la boca, tiene que vomitar.

Mira incrédulo a Michael, que discretamente se ha alejado de él, y luego mira el cubo en la esquina. „¡No, Michael! No puedo! ¡Realmente no! ¡No estamos en la Edad Media!" „¡Pero sí, Christian! Esto se aplica particularmente a los presos políticos. ¡A los ojos del gobierno de nuestro país, somos traidores, enemigos del estado y colaboradores!

El FRG compra prisioneros políticos de la prisión RDA. No tienes que sufrir mucho en una prisión. „¿Qué hicimos para ser tratados así Michael?" „¿Qué son esos políticos que gobiernan tan inhumanos?"

¡No me mires así, Christian! Delante de ti hay un héroe con sus compañeros de celda que quieren cambiar eso y ¿dónde estamos? En una prisión en Praga. Todos los que ves aquí en esta celda sueñan y luchan por un cambio político en nuestro país. Qué tragedia humana, Christian piensa en voz baja. Y ve los eventos de la Primavera de Praga frente a sus ojos como en un documental. Los últimos pensamientos en los que deliberadamente intenta trabajar en su cabeza son más que desalentadores.

También hay una luz en estas malas perspectivas. Christian piensa vigorosamente sobre lo que vendrá. Interrogar, condenar, prisión! Con un poco de suerte, expulsión al FRG.

Christian es consciente de que los días en Praga cambiarán fundamentalmente su actitud hacia la política de los estados socialistas y su vida futura.

Tiene que vomitar y pierde el conocimiento. Un consuelo para él no tener que pensar en lo que vendrá en los próximos días. Experiencias que ciertamente no olvidará pronto.

A nadie se le ocurriría la idea de que los monjes tibetanos no tenían idea sobre el liberalismo económico y su rebelión contra la ocupación china no tenía sentido porque no se podía mejorar un sistema totalitario o autoritario.

Si no tiene libertad, ciertamente no puede quedarse sin cabeza para lograrlo, pero no puede permitirse la sabiduría del sillón. Así que los reformadores de Praga y aquellos que querían ir más allá ciertamente cometieron una serie de errores; pero por su derrota el 21 de agosto, la constelación política global y la pretensión de poder de Moscú fueron decisivas. En los primeros meses de 1968, una fuerte brisa sopló por todo el país, lo que alentó a la gente. Dos años después, después de permitir que medio millón de personas huyeran hacia el oeste, el país se "normalizó" durante casi dos décadas. Las fronteras se apretaron y la gente fue silenciada.

The New Zurich Times

„Si todo parece ir en tu contra, recuerda que un avión
despega contra el viento,
y no con él „

Un dicho popular

Un vuelo incierto

„ Como ha habido guardias fronterizos, cercas de alambre de púas y campos minados, la gente ha podido volar "

Dietmar Dressel

Qué agradable y tibia tarde de septiembre en el centro de Leipzig. Sería mejor si nos conociéramos en el bar de pingüinos, piensa Joachim, y continúa caminando hacia el podio Erdener. Un restaurante discretamente amueblado en medio del casco antiguo de Leipzig y con excelente cocina.

Durante la Feria de Otoño y Primavera de Leipzig, no es tan fácil obtener un asiento en este popular lugar. Esperemos que Petra ya haya reservado dos lugares, de lo contrario será difícil discutir un plan de escape mientras está de pie y con el estómago vacío. Mi estómago estaría feliz si tuviera algo sabroso para comer. Ha estado gruñendo desde el mediodía de todos modos. Joachim mur-mura para sí mismo y abre la puerta del restaurante.

„Hola Petra, es bueno que podamos sentarnos y comer en paz. ¿Cómo te fue en la oficina? La prometida de Joachim es el jefe de sección de la Universidad Alemana de Educación Física en Leipzig y es responsable del área de natación competitiva."

„¡Mi equipo está en Roma para una competencia de natación! No puedo estar allí por mis parientes en Alemania Occidental. Mi oficina está completamente limpia y tengo más tiempo para mí y, por supuesto, para ti también.“

„Me gustaría presentarle a nuestro invitado a la feria, el Sr. Rein-hold de Düsseldorf. Sabes, mi madre siempre alquila a los invitados de la feria de Alemania Occidental durante la feria de primavera y la feria de otoño.“

„Buenas noches, Sr. Reinhold, ¿qué le parece nuestra hermosa Leipzig y qué tan satisfecho está con la oferta de la feria y su negocio de la feria?“ „No quiero juzgar negativamente a esta ciudad. Todavía hay muchos lugares para mejorar. Pero me siento muy bien atendido por los padres de su amiga. Los negocios con mis socios feriales de Polonia están yendo bien.“

Se puede ver por su expresión facial que no quiere entrar en este tema con más detalle y el Sr. Reinhold también cambia el tema. „De las conversaciones con los padres de Petra, especialmente con su padre, aprendí sobre su planificado viaje de vacaciones a Bulgaria. ¿Por qué este país de todos los lugares? ¿Qué te gusta tanto allí? ¿No está interesado en pasar sus vacaciones en España, Italia o Francia?“ „¡Por favor, esté un poco más tranquilo, Sr. Reinhold!“ „¡Oh, lo siento! De vez en cuando olvido que estoy en la RDA.“

„Nos gusta ir a España, Sr. Reinhold, pero eso es demasiado costoso para nosotros, incluso si ambos ganamos muy bien. Actualmente tenemos un factor de conversión entre la marca GDR y la marca FRG de seis a uno. Para intercambiar una marca West Tenemos que pagar seis marcas RDA." Suponiendo que un viaje de vacaciones de tres semanas a España nos cuesta unos tres mil marcas occidentales, esto corresponde a unas dieciocho mil marcas de la RDA. Podemos comprar un auto para eso.

„Para un viaje a España, es decir, a Europa occidental, necesitamos el permiso de las autoridades de la RDA. Será difícil. Formulado cuidadosamente." „¡Entiendo eso! Pero nuevamente sobre el tema de las vacaciones en los países de Europa occidental."

Y el señor Reinhold habla un poco más tranquilo. „Klaus Rüdiger, un compañero de tenis en nuestro club, me dijo hace dos semanas que su sobrino de Erfurt en la RDA pasó sus vacaciones en Francia con las autoridades de la RDA sin ningún problema."

El Sr. Rheinhold interrumpe los tentadores pensamientos de Joachim sobre el sol, la playa y el mar y continúa con sus explicaciones. „Se dice que es médico en un hospital en Erfurt. Así que no pertenezcas a una clase de fiesta especial." „¡Oh, no! ¿No es casualidad que un pato de un tabloide de Alemania Occidental, Sr. Reinhold?" „¡No, Joachim! ¡Klaus Rüdiger no me cuenta chicas!"

„Una vez asumido, eso es todo cierto. Finalmente, la pregunta sigue siendo, ¿cómo la organizó? ¿O quién lo aprobó aquí en la RDA? ¿Y por qué exactamente un médico de Erfurt? ¿La persona tiene privilegios especiales? ¿Solo trata médicamente a altos funcionarios de la Stasi o miembros de nuestro gobierno? Joachim pregunta un poco incrédulo. Puedes ver las dudas en su rostro." „Sí, ¿cómo lo organizó?" El Sr. Reinhold habla suavemente. „Hasta donde puedo recordar la conversación, debería haber un vuelo regular programado del Interflug Gesellschaft de la RDA desde Dresde a Praga. Allí esperó un avión de Lufthansa que vuela diariamente desde Múnich a través de Praga y Budapest a Estambul. El intervalo de tiempo entre los dos aviones, es decir, la llegada del avión de la RDA y el vuelo posterior con el avión de Lufthansa, fue de solo unos treinta minutos. Así que no más que un pequeño descanso para tomar café. Probablemente permaneció en el área de tránsito del aeropuerto de Praga durante este tiempo, y por supuesto se salvó todos los controles de aduanas en el aeropuerto de Praga."

Mientras tanto, se escondió en el baño, probablemente para no llamar la atención innecesaria de la policía del aeropuerto. No sé cómo organizó la aprobación del vuelo con el avión de Lufthansa a Estambul. En Estambul se presentó ante la embajada alemana y dos días después estaba en Düsseldorf. Y para ir de vacaciones desde allí no hay problema." „¡Oh! ¿Y dónde está el doctor ahora?" „¡En Düsseldorf!" „¡Oh no! ¡Es como un éxito en la lotería! Respira Joachim completamente asombrado!"

„Tengo que disculparme con los dos. ¡Todavía me encuentro con una amiga de negocios de Polonia y tengo que dejarla sola!" „La veré mañana con sus padres. ¿O quiere saltear el desayuno?" „No, Sr. Reinhold, estoy deseando que llegue."

El señor Reinhold se despide de ellos y se apresura a su reunión de negocios. „Petra, pago nuestra cuenta y discuto todo lo demás en el parque. Hay demasiada gente aquí y algunos de ellos tienen orejas grandes."

Buscan un banco en el estacionamiento, se acurrucan como una pareja enamorada y disfrutan del agradable aire nocturno.

„Una vez asumido, el Sr. Reinhold no nos miente. El riesgo que tenemos que correr es relativamente pequeño. ¿En qué hemos pensado para venir a Europa occidental de antemano y escapar de la RDA? En ningún caso arriesgamos nuestras vidas si huimos con el avión Lufthansa. No organizaremos un tiroteo en el edificio del aeropuerto, sino que nos comportaremos discretamente como todos los demás pasajeros."

¿Dónde está el riesgo para nosotros, Petra? ¿Qué piensas? „Joachim, ¿estás seguro de que todo esto no es solo una historia salvaje?" „Valdría la pena intentarlo. No podemos ser fusilados, no podemos ahogarnos, y no hay campos minados en un edificio del aeropuerto."

Si al llegar a Praga descubrimos que el vuelo del avión de Lufthansa a través de Budapest a Estambul no existe treinta minutos después, daremos un paseo por Praga y volaremos de regreso a casa.

También reservaré el vuelo de regreso. Como medida de precaución, para que nadie en la agencia de viajes pueda pensar mal. Ambos corremos el riesgo de ser arrestados y detenidos en el aeropuerto. Sí, tenemos el riesgo! Es pequeño, pero es posible. Ok, entonces hacemos una solicitud en prisión para retirar la ciudadanía de la RDA y partir hacia el FRG.

Si tenemos suerte, el FRG nos comprará de la miseria de la prisión de la RDA y nos deportará al FRG. Puede tomar uno o dos años, pero no arriesgamos nuestras vidas bajo ninguna circunstancia. La RDA carece de divisas, es decir, DM, dólares y otros medios de pago occidentales. Los noventa mil Westmarks que reciben del FRG por cada preso político son un regalo de bienvenida.

„¿Queremos arriesgarnos? ¿Qué piensas, Patra?" „Ok, Joachim, ino sería prudente de nuestra parte no seguir el destino!" „Ok, Petra, ¿cuál es el dicho tan acertadamente."

„Lo que puede obtener hoy, no lo posponga hasta mañana."

„Me ocuparé de los boletos de avión a Praga esta semana. Les decimos a ustedes y a mis padres que queremos pasar un fin de semana en Praga. ¡No olvides empacar todos nuestros documentos, los necesitamos en Munich!"

Con un corazón palpitante, Joachim se encuentra en la agencia de viajes cerca de Karl-Marx-Platz y piensa con mucho cuidado sobre qué preguntas podrían hacerle los empleados. Media hora después, tiene dos boletos de avión a Praga. Salida el próximo sábado. Reservamos y pagamos el vuelo de regreso. No puede creer que todo esto fuera posible sin complicaciones. Cuando algo parece fácil, piensa Joachim, debes pensar con mucho cuidado. También hay un dicho:

„La mejor parte de la valentía es la precaución"

El último día antes del gran evento llega más rápido de lo esperado. Mañana, ambos quieren ir por un camino que uno no puede tomar sin el riesgo de la RDA a Alemania Occidental.

Muchos pierden la vida, sufren grandes daños a su salud o marchan involuntariamente a prisión. Realmente absurdo teniendo en cuenta que hay personas que, por cualquier razón, solo quieren vivir en otro país. Si no fuera tan serio, podrías pensar que solo podría ser una broma política.

Joachim y Petra se sientan en su restaurante favorito y discuten su plan de escape en la mesa. Una cerveza para Joachim y una copa de vino tinto para Petra son imprescindibles para relajar el cuerpo y posiblemente la mente.

„Estimado Joachim, estoy muy emocionado. ¿Cuál es nuestro horario para mañana?" „El tren de Leipzig a Dresde sale a las diez y cuarto. Estamos en Dresde a las doce y veinte. Un taxi tarda unos treinta minutos en llegar al aeropuerto. El avión a Praga sale a las tres cuarenta. El colchón de tiempo debería ser suficiente para compensar los retrasos no planificados en el viaje en tren a Dresde."

„Joachim, todo va muy bien, estoy realmente inquieto." ¿A quién le dices eso? Los pensamientos son míos. No importa. Querida Petra, no dejes ningún mensaje para tus padres mañana cuando te despidas. El tiempo hasta que podamos volver a vernos puede ser largo. Dile a tus padres que pasamos dos días en Praga, vamos de compras y el domingo por la noche en la Ópera de Praga. El lunes volvemos a casa en Leipzig. Les digo lo mismo a mis padres.

Ha llegado el momento, Petra y Joachim toman el avión Interflug a Praga a tiempo. El fuerte ruido del motor de la máquina rusa es un gran obstáculo para cada conversación.

Sea lo que sea, la corta distancia de Dresde a Praga se supera rápidamente y el ruido agotador de la moto debe ser soportado por ambos, junto con los otros pasajeros.

„Lo que necesitamos ahora, Petra, son buenos nervios, un puñado de coraje, mucha paciencia y buena suerte. Y tanta suerte como sea posible."

El dieciocho avión ruso Ilyushin rueda lentamente hacia su puesto en los terrenos del aeropuerto. Un autobús lleva a todos los pasajeros a un edificio en el aeropuerto de Praga.

"Ok, ¿qué pasa ahora, Joachim?" "Voy a preguntarle a un oficial de aduanas dónde están los baños, nos enfermamos por volar." "¡Ok, hazlo! No está tan mal. ¡Estoy realmente enfermo, pero no por volar!

Después de unos minutos, Joachim va hacia Petra, la toma del brazo y camina con ella hacia dos puertas, que están claramente marcadas como inodoro. „Entonces, Petra, ponte rápidamente otras cosas y no olvides ponerte la peluca. ¡Asegúrate de que nadie te esté mirando en el baño! Tenemos que prescindir de nuestras maletas, no tenemos tiempo para eso. Es muy arriesgado. El avión de Munich ya aterrizó. Está en el marcador. La historia es cierta por ahora."

„Ahora viene la etapa más peligrosa." „Cuéntanos, ¿no podríamos simplemente saltarnos esta sección?" „Bueno, todavía tienes sentido del humor." „Ok, Petra, ten cuidado!" Nos encontramos en diez minutos frente a la puerta del baño, luego pasamos discretamente a la salida y nos unimos a los otros pasajeros en el camino hacia el avión de Lufthansa en Budapest.

Minutos después, ambos están parados frente a una azafata en el avión de Lufthansa. „¡Tus boletos por favor!" La voz amistosa del stuart saca a Petra y Joachim de sus pensamientos. El miedo paralizante encuentra un lugar en su cerebro y lentamente se arrastra hacia las piernas, que de repente ya no quieren pararse en el piso de manera tan segura. "¡No puedo soportarlo más!" „¡Petra respira tranquilamente a Joachim!" Ambos están a punto de decidir si volarán o serán transferidos a la autoridad del aeropuerto como los llamados pasajeros ciegos.

„¡Tus entradas por favor!" Oh, sí, piensa el Estuardo. Su voz se ha vuelto un poco más impaciente. „Por favor, ten un momento. No puedo encontrar los boletos." „Dice con la mayor calma posible y mira a su alrededor en su bolsa de viaje." „Por favor, deténgase en la antesala, ¡ya vuelvo!"

Dos minutos después, el Stuart aparece con el capitán del avión. Los mira brevemente. „¿Cómo se sube a nuestra máquina?" La voz no suena desagradable, pero eso no dice mucho, piensa Joachim. Reúne todo su coraje y explica la pregunta de: ¿Cómo llegaste al avión de Lufthansa?

Durante algún tiempo hubo silencio y Joachim y Petra alcanzaron el límite de su resistencia. Ambos saben con sus mentes atentas y con sus corazones sienten que las siguientes palabras del capitán cambiarán su vida común de manera decisiva sin poder influir en ellos.

El capitán la mira y luego señala a la azafata. Los Stuart les mostrarán sus lugares. ¡Pagas los boletos de avión cuando estés en Munich en una de las oficinas de Lufthansa allí! Y quieren ir a Munich. Con una sonrisa comprensiva, el capitán se despide y se dirige a la cabina del piloto.

El grito de Joachim hace eco a través del avión. Un grito que expresa la agonía de las últimas horas y las alegrías sin fin. Petra pone su rostro en el pecho de Joachim. Está infinitamente feliz de poder comenzar una nueva vida juntos en un mundo libre con Joachim.

Las puertas del avión se cierran silenciosamente y la máquina se dirige a Budapest para Istandbul al mundo libre.

„ Cuando los padres mueren, el pasado muere. Cuando los niños mueren, el futuro muere "

Amor y dolor

Con la ventana abierta de par en par, un hombre con cabello gris claro de mediana edad se sienta en el escritorio e intenta hacer dos cosas al mismo tiempo de manera fácil y tranquila. La abundancia de correo comercial diario, que todavía está buscando un espacio libre en su escritorio y la naturaleza despierta de la hibernación, cuyo suave soplo de primavera se abre paso a través de la ventana abierta y trata de distraerlo de su trabajo.

Es difícil para él evadir esta misteriosa magia. Desafortunadamente, su trabajo diario y el ritmo diario están determinados por las discusiones de trabajo con sus empleados, llamadas telefónicas y reuniones.

Es inconcebible que el flujo de trabajo habitual se detenga una vez y sin ninguna transición. Una llamada telefónica privada a última hora de la mañana no se ajusta a la atmósfera habitual de la oficina. El paciente, su hija Dorothea está destinada, resultó gravemente herido en la cabeza en un accidente de tráfico. Su condición es muy crítica. Su venida inmediata es urgentemente necesaria.

Inmóvil y petrificado, ahora está sentado en la silla de su oficina, incapaz de moverse o percibir su entorno. Este mensaje busca lenta y minuciosamente una forma de ser escuchado y la mente se niega a aceptar las palabras siniestras. Con todas sus fuerzas, su mente se defiende de este mensaje. Su corazón se contrae convulsivamente y las manos buscan impotente. Es difícil para él organizar sus pensamientos. Los ojos, nublados por las lágrimas, buscan desesperadamente la ayuda de Dios.

Poco a poco su mente trata de percibir esta noticia y en su cabeza el pánico trata de ganar con violencia violenta.

En estos minutos, incapaz de tomar ninguna medida, le pide a un colega que lo lleve al hospital de su hija. La secretaria por favor llame a su esposa para que pueda llegar a casa lo antes posible.

Ahora está aturdido al lado de la cama de su hija y la ve de la forma en que nunca quiso experimentarlo. Es como mirar hacia un abismo oscuro, en el fondo del cual solo aguardan infinito sufrimiento y dolor.

Los pensamientos del padre giran en torno a este fatídico cráter como remolinos salvajes. ¿Se puede salvar a su hija de caerse de su vida juntos? ¿O les será quitado para siempre?

Llorando y retorciéndose de calambres, trata de no terminar de pensar los terribles pensamientos. Su corazón grita desesperadamente de dolor y se alza contra la carga que ya no quiere cargar y aún no puede defenderse contra ella.

El padre cree que puede escuchar una voz. ¡No es cierto! No, no, ¡por el amor de Dios, no! Es solo un sueño terrible. Y a Dios llama desesperadamente: ¡Tómame, tómame, pero salva a nuestra hija!

Una voz interior, como despertada por una mano fantasma, le susurra suavemente: si no sientes su aliento, no sientes el latido de su corazón y el calor de su piel. ¿Los pequeños suspiros laboriosos que escapan de su torturado cofre? ¡Ella vive! ¿No sientes su lucha con la muerte, que quiere vencer con todas sus fuerzas? Ella no quiere perderte y no estar sola en otro mundo sin sus padres y hermanos.

Por supuesto, tampoco quiere perder la vida en la tierra, lo que no puede terminar a una edad tan temprana. Ella solo ha tenido esta vida una vez.

La puerta de la habitación del hospital se abre lentamente y una voz suave y quebradiza murmura: „¡Buenas tardes!" Allí está, el que sabe más, pero no se puede ver eso en la cara del médico. Los ojos del padre chupan la cara del hombre con la bata blanca. ¿Qué dirá su boca? ¿Sus palabras destruirán todas las esperanzas o le darán fuerza y confianza al día? „¡Tienes que tomar una decisión!" Estas palabras suenan oscuras e incomprensibles para el padre, y permanecen en la habitación como restos de niebla fantasmal.

El doctor continúa hablando en voz baja. „El cerebro de su hija quedó irreparablemente dañado por la grave lesión en la cabeza causada por el accidente. Las funciones importantes como la respiración y la actividad cardíaca solo se pueden mantener a través de nuestras medidas médicas de mantenimiento de la vida iniciadas de inmediato. ¡No hay nada más que podamos hacer por su hija! Hay límites a nuestras opciones médicas para esta lesión cerebral grave."

Los órganos de su hija, a diferencia de las lesiones en la cabeza, se han mantenido intactos y podrían ser muy útiles para otras personas gravemente enfermas, y posiblemente prolongar sus vidas por un tiempo limitado.

El médico dice las últimas palabras con cuidado y en voz baja. Difícil de comprender tales pensamientos, el padre le pregunta al médico en el dolor de su alma: „¿No hay esperanza para nuestra hija? ¿No puede salvar su vida? ¿Son las opciones médicas al final? Entonces, ¿qué decisión debería arrebatarme de la muerte?"

Las palabras del doctor provienen de una habitación extraña. „Es una ayuda para personas muy enfermas. Con los órganos de su hija, les dan la esperanza de que puedan curarse de su enfermedad para que puedan vivir por un tiempo limitado."

Completamente desesperado, el padre se pregunta y se dirige al médico en busca de ayuda. ¿Nuestra hija está muerta ahora o no? ¿Y qué quieres decir realmente con tu pregunta?

„¿Cómo es posible que los órganos de nuestra hija puedan ayudar a otras personas? ¿O nuestra hija no está realmente muerta?" „El médico se vuelve hacia el padre y solo sacude la cabeza." „Sus preguntas no son tan fáciles de responder rápidamente. Ya he dicho que la gravedad de la lesión de su hija limita las opciones médicas y médicas."

¿Qué debería pensar de esas palabras en mi situación actual? ¿Cómo debo tomar una decisión si no obtengo respuestas a mis preguntas? Ahora el padre piensa con horror. ¿No es el cuerpo vivo de nuestra hija un saco lleno de órganos sanos y utilizables? ¿O el médico solo ve a nuestra hija así? Entonces, ¿qué es la vida y qué es la muerte?

A pesar del daño a su cerebro, el cuerpo vivo de nuestra hija es un sistema altamente complejo que aún mantiene muchos subsistemas. Siento el calor de su cuerpo y su lucha con la muerte que quiere vencer.

Con toda su fuerza, siente los pensamientos de su hija y sus gritos dolorosos y temerosos de ayuda.

¿Por qué quieres mi cuerpo? ¡Quiero vivir! ¡Quiero vivir, papá! ¡Quiero estar contigo! ¡No me dejes ir a otro mundo solo!

Con estos pensamientos, es muy difícil para el padre no perder la razón. ¿Por qué no debería nuestra hija mantenerse con vida solo porque uno debe ayudar al cuerpo médicamente durante un tiempo determinado a curar la lesión grave? ¿Qué sabemos sobre nuestro cerebro y su capacidad para organizarse? Solo tenemos que dar a tales procesos de recuperación el tiempo, la paciencia y la ayuda. ¿Solo y sin excepción cuenta a la persona enferma que necesita un órgano y no a la persona enferma que quiere y podría recuperarse si uno lo cuidara?

¿Deberíamos darle esperanza a otra persona con los órganos de nuestra hija si tenemos que desterrar a nuestra hija a otro mundo en el que no quiere y en el que no podemos seguirla? ¿Solo la persona que sufre y necesita un órgano tiene derecho a la vida? ¿Nuestra hija tiene que morir para que otra persona viva? ¿Aunque en realidad no está muerta y podría vivir también?

¿Cuán insensibles tienen que ser los padres, especialmente en una situación tan terrible, en la que la hija está luchando por su vida para preguntar si quieren permitir que le quiten los órganos que la esperanza de vida de sus hijos les quitará?

¿Qué tipo de moralidad patológica sería esa? ¿Y dónde está el respeto por la vida humana y la dignidad? No importa de quién es la vida.

¡Ambas personas gravemente enfermas tienen derecho a la vida! En esta situación, que es muy difícil de soportar, ¿cómo puede preguntarnos si queremos donar los órganos de nuestra hija? ¡Dorothea no es un propósito ni una cosa para nosotros los padres! ¡Ella es nuestra hija que amamos y no queremos perder!

Es insoportable para nosotros ver cómo está acostada en la cama, sufriendo y luchando por su vida. ¿Deberíamos también permitir que alguien corte sus órganos mientras está viva y luego nos entregue el resto del resto para su entierro?

Para nosotros, los padres, con tal decisión, ¡toda esperanza de salvar a nuestra hija está perdida, irremediablemente perdida! ¿O cómo debemos entender todo esto? Si podemos entenderlo en nuestra situación. Eso es completamente anormal! Con estos pensamientos, el padre tiene que pensar en una cita de N. Ostrowski:

„El mayor bien que tiene el hombre es la vida, solo se le da una vez "

¿De quién es la vida del doctor? El padre ahora se pregunta desesperado. Si la vida es el mayor bien para todas las personas, la donación de órganos y el médico ciertamente cree que esto podría ser una forma útil de mantener viva a una persona enferma por un tiempo limitado. Pero, ¿por qué deberíamos donar los órganos de nuestra hija si todavía está viva y podría salvarse si uno hiciera un esfuerzo?

Y si la vida de todos es tan insustituible, ¿por qué permitimos que muchos niños en nuestra tierra mueran de hambre en agonía y sufrimiento durante el mismo tiempo que se realiza un trasplante de órgano? Por el amor de Dios, ¿por qué? Estos niños también tienen un órgano que sufre, su estómago. Quien grita de dolor, pero no porque esté enfermo, sino porque solo necesita algo de comer para recuperarse. ¿La vida como el bien supremo solo está destinada a cierta clase de personas? ¿Los niños y las personas con heridas muy graves, de los cuales uno solo realmente necesita sus órganos, pertenecen a otra clase? ¿Y son menos habitables?

¿Somos niños tan indiferentes con sus miradas suplicantes, su rostro ya envejecido, que ya no puede absorber el sufrimiento indescriptible y el miedo al hambre? ¿Estamos listos para dividir la vida en algo digno de vivir y no digno de vivir? ¿Dividimos la muerte en muertos y no realmente muertos?

¿Somos entonces una cosa cuando ocurre la muerte y si no estamos completamente muertos, un cuerpo cuyos órganos solo deberían servir para un propósito?

¿En verdad queremos eso? O, cuando ha llegado el momento, ¿dejamos que la gente vaya a otro mundo en paz y sin dañar su alma?

Arrodillándose ante la cama enferma de su hijo, el padre está al final de sus fuerzas. Ahora, en la hora de su dificultad mental más severa, él debe tomar la decisión de que sus órganos sean extraídos vivos.

Es terriblemente malo para su hija ser privada por la fuerza de su joven vida, no poder formar una familia y vivir una vida feliz. ¡Tampoco deja que el alma de su hija se dañe!

Su autoconciencia responde en voz baja: „¿De qué le serviría a una persona ganar el mundo entero y perderse o dañar su alma."

La respuesta del padre es tranquila pero firme. „¡No!" ¡Los padres no permitiremos que maten a nuestra hija!"

Un grito de anhelo se abre paso a través de la inmensidad del universo y busca a los padres, hermanos y amigos que deben permanecer en la tierra por un tiempo.

"No hables de mi partida llena de pena, pero cierra los ojos y me verás entre ustedes, ahora y siempre"

Khalil Gibran

"Cuando dices adiós hay un momento en que sientes el dolor con tanta fuerza que el ser querido ya ya no está contigo"

Arthur Schopenhauer

„Ustedes que me han amado no miran la vida que
he terminado, sino la vida que estoy comenzando "

Aurelius Augustinus

„Pero siento tus llamadas y tu dolor cuando descan-
so en mí como sin vida. ¿Qué dolor en esta vida
miserable es mayor que el anhelo insatisfecho
que llora y no quiere descansar "

Dietmar Dressel

El dolor es como la muerte

Los pensamientos que estás buscando, tu alma que la llama y tu corazón que la anhela tanto no dejan que tus padres descansen. Se ha vuelto solitario y tranquilo cerca de ella. El silencio de la tumba impregna sus alrededores como una terrible pesadilla interminable. Todo en su casa llama a la hija. La habitación de su hijo se siente abandonada y enferma con un anhelo por su risa despreocupada, por la felicidad y la alegría en la vida.

En todas partes, en los lugares que amaba, la están buscando y, sin embargo, solo encuentran soledad e infinito vacío. ¿Dónde estás? ¿Dónde podemos encontrarte? Los padres siempre piensan. Y los gritos de ayuda de la hija después de que el padre, la madre y la hermana corren a través de la infinidad del universo como un eco. ¡Las llamadas tratan de suprimir el sentimiento de soledad y vacío, en vano!

Sin querer y violentamente, la hija es enviada a otro mundo y ya no puede comunicarse con sus padres. ¿Cómo debería encontrar su camino en la soledad y en la inmensidad? ¿Cómo debería sentir de nuevo la calidez, el amor y la seguridad de sus padres, que tanto anhela? ¿Dónde están las horas, días, años en que su camino juntos todavía estaba conectado a sus corazones?

Paralizados, entumecidos y aturdidos, los pensamientos del padre, la madre y la hermana se mueven en busca de una respuesta. Todo es tan irreal y sin parar. El alma se retuerce de pena y dolor y no quiere ser apaciguada. Ella se levanta y trata de encontrar a la hija con sus gritos de auxilio. Todos estos esfuerzos son en vano.

Es tan increíblemente difícil para ellos soportar la soledad. Se esconde como un fantasma roedor y ya no puede ser sacudido.

No hay nada para reemplazar su ausencia y no lo están intentando. Están equivocados si creen que mi Dios podría llenar el vacío para darles fuerza y confianza durante este tiempo. ¡El no lo hace! Los mantiene sin llenar y los ayuda a mantener una estrecha relación con la hija.

La gratitud de los padres por pasar tiempo con su hija convierte el dolor de la memoria en una alegría tranquila y un regalo precioso. Los padres a menudo se preguntan en voz baja y abatida, ¿podremos volver a vivir como en años anteriores? ¿Volverá nuestra risa a través de los espacios comunes de nuevo? ¿Dónde debemos poner el dolor y cómo y dónde debemos mantener la carga del dolor? ¿Porque un dolor del alma de este tipo no pasa y no disminuye o no? ¡No! Él la abraza y no la suelta. Penetra profundamente en el corazón de los padres y está inextricablemente unido a sus vidas y sus almas. Solo pasará si ambos van a otro mundo.

Al final, será el sufrimiento, el trabajo y el amor por ella lo que hará que el tiempo sin él sea esencial, lo que le dará peso y profundidad. El padre recuerda el nacimiento de la hija. En ese momento, les inculcaron alegría y amor. ¿No es comprensible que la vida intente escaparse porque les fue quitada? Es parte de ellos, su vida y su alma. ¿Cómo deberían vivir sin ellos?

Los amigos, colegas y vecinos no se detienen con consejos bien intencionados. Tienes que dejar ir! ¡No puedes cambiarlo de todos modos y la vida continúa y no se detiene!

¡Distraete! Sumérgete en el trabajo. ¡Dilo! Tienes que distanciarte y pensar en ti y en el futuro de ti mismo. No puedes traer a tu hija de regreso. Como si todo esto tuviera sentido y pudiera reemplazar el dolor y el dolor de los padres. Quizás admirarán a los dolientes una u otra vez si no se sienten abatidos por la pesada carga del dolor y la desesperación. Te controlas o a veces muestras una sonrisa. Piensan que con pena todo ha terminado y la vida cotidiana regresa. Lo superarás. ¡Reclamarlo! Eso ciertamente significa amorosamente, pero es terriblemente desprevenido.

¿Quieres quedarte donde la hija tuvo que dejarla? ¿En el límite oscuro entre los dos mundos? ¿Encuentra el coraje y la fuerza para seguir viviendo aquí?

Los dolientes de hoy encuentran particularmente difícil hacer frente al tiempo de sufrimiento. Escuchan sin cesar qué cosas terribles y crueles suceden en este mundo todos los días. Las personas que están atormentadas por la desgracia y el miedo y su destino, que no dejan que nadie descanse. ¿Cómo pueden reaccionar los dolientes ante esto?

¡Olvídate rápido! ¡Distraer! ¡Reprime todo y guárdalo en las cámaras mentales más imposibles de rastrear! Esto es lo que espera de los afectados.

Los amigos les hablan de todo, solo que no del terrible evento, la muerte de su hija. ¡No lo toques! Ellos piensan.

Que te ayuda ¿Matar el dolor y la pena en un frenesí? ¿Escapar de la casa o esconderse en el infinito de la vida?

¡No! Llorando con tu alma porque estás sin tu hija y tu corazón se retuerce de calambres, más de lo que cualquier madre o padre puede juzgar sobre la injusticia que la ha golpeado, ¡sí! ¡Estar enfurecido! Gritando incluso cuando alguien lo escucha o lo ve. ¡Pelea con Dios que permitió eso! ¡Cállate cuando sientas que los demás no pueden entenderte! ¡Busque descanso si está demasiado cansado para hablar o si se siente culpable!

Un día puede que no sea tan importante llorar o gritar, pero ahora es bueno para ellos. Y ahora nadie debería quitárselo.

¡No sirve de nada escapar! ¿A dónde deberían ir? Ahogarse en alcohol no sirve de nada, despertarse es aún más terrible. No saben si el sol volverá a brillar para ellos algún día. Están en su casa protegiendo a la hija. Una casa que consistía en ellos juntos. Ahora ella ya no está aquí. La muerte violenta los ha enviado a otro mundo en el que todavía no pueden seguir.

En un día en que el sol intenta encontrar un pequeño camino a través del cielo oscuro y cubierto de nubes, verá un pequeño arco iris mientras camina, lo que hace un esfuerzo colorido para mostrar su arco colorido. Te invita a ir y venir como un puente. Una y otra vez, solo para caminar.

Tu dolor es una gran caminata. Allá donde la hija tenía que ir y volver donde estaban juntas. Todos los años de vivir juntos. ¡Esto de ida y vuelta es importante para ellos! ¡Los recuerdos permanecen despiertos para ellos y los vuelven a unir! El llanto de los padres por su hija es como un anhelo insatisfecho. ¡Su corazón sufre de la carga y lo devuelve! Pero en realidad no cura. Tienes que seguir tu camino en la tierra para poder seguir a tu hija. Que el camino hacia ella la acerca y que la hija puede encontrar a los padres. ¿O quieren ir a ella ahora y no solo cuando Dios la llama?

Es difícil para los padres no sucumbir a esta tentación. El dolor es como la muerte misma. ¿Y es cobarde si quieres estar en casa donde está? ¿O tienen que madurar mentalmente primero? Sería bueno para los padres permanecer en la Tierra por un tiempo hasta que el día vuelva a tener luz y sol. Porque aquí debería surgir lo que se ve en su vida como significado y valor y todo tiene un objetivo.

Los padres se paran cerca de la tumba de su hija y preguntan:

„¿Volveremos a ver a nuestra hija?"

¡Ambos creen y sienten esto firmemente con sus corazones y almas y los encontrarán!

„Laß mein Auge den Abschied sagen, den mein Mund nicht nehmen kann! Schwer, wie schwer ist er zu tragen! Und ich bin doch sonst ein Mann"

Johann Wolfgang von Goethe

Wie hab ich das gefühlt was Abschied heißt. Wie
weiß ichs noch: ein dunkles unverwundnes grausa-
mes Etwas, das ein Schönverbundnes noch
einmal zeigt und hinhält und zerreißt.

Wie war ich ohne Wehr, dem zuzuschauen, das, da
es mich, mich rufend, gehen ließ, zurückblieb, so als
wärens alle Frauen und dennoch klein und weiß
und nichts als dies:
Ein Winken, schon nicht mehr auf mich bezogen,
ein leise Weiterwinkendes –, schon kaum erklärbar
mehr: vielleicht ein Pflaumenbaum, von dem ein
Kuckuck hastig abgeflogen.

Rainer Maria Rilke

¿Cómo sentí lo que se llama adiós? ¿Có recuerdo:
uno oscuro y sin heridas? algo cruel que es un vínculo
hermoso muestra y sostiene y vuelve a llorar.

¿Cómo estaba sin un vertedero para mirar? que ya
me dejaba ir llamándome permaneció como si todas
las mujeres fueran y aún pequeño y blanco y nada
más que esto:

Una ola, ya no está relacionada conmigo un salu-
do tranquilo, casi nunca más explicable: tal vez
un ciruelo, de donde salió volando un cuco.

Author

Llega el momento en que los 65 años de vida están al alcance, finalmente uno piensa con alivio, retirado. ¡Hasta aquí todo bien! No pasa mucho tiempo antes de que el 66 cumpleaños se celebre con la familia y, con creciente impaciencia, queda claro que ese día, con sus 24 horas, puede ser bastante largo.

Familia, nietos, holgazanear, viajar y ocasionales experimentos botánicos en jardinería ya no son suficientes para darle al día una cara interesante, ¿qué hacer? No puede evitar esta pregunta si no quiere pasar el resto de su vida en el sofá y frente al televisor. Por eso, me pregunté, repensar los muchos pensamientos e ideas que se han acumulado en el transcurso de la vida y, si es posible, procesarlos por escrito. Tan pronto como se piensan tales pensamientos hasta el final, se desarrolla la iniciativa necesaria. Se requieren estudios de literatura. Si la cabeza piensa sin pensar en el cuerpo, ya tiene 66 años. Fueron estos tres años de estudio los que me mostraron que la escritura creativa no tiene que seguir siendo un secreto oscuro si intentas transmitirlo. Y algo más me ayudó mucho a abordar la escritura en serio. El "escucha" espiritual para buscar conversaciones con la conciencia y su voz interior.

Muchos de mis amigos y lectores me han estado preguntando durante mucho tiempo, ¿cómo les va escribiendo tantos libros en tan poco tiempo? Francamente, ni siquiera puedo responder a esta pregunta aparentemente simple. Creo que es mi voz interior la que quiere discutir conmigo todo el tiempo. Y así, los pensamientos fluyen casi automáticamente en el teclado de mi computadora como si fueran dirigidos por un fantasma.

Más información
BoD Verlag

„Querer leer es como un llamado a anhelar los sueños de la noche"

Dietmar Dressel